진진욱 제6시집

너거들 중 맞나

국립중앙도서관 출판시도서목록(CIP)

너거들 중 맞나 : 진진욱 제6시집 /지은이 : 진진욱. -- 서울 : 한
누리미디어, 2012
    p. ;   cm

ISBN 978-89-7969-426-0 03810 : ₩8000

한국 현대시 [韓國 現代詩]

811.7-KDC5
895.715-DDC21   CIP2012002640

너거들 중 맞나

불교시 백팔 편

진진욱 제6시집

한누리미디어

차례

제1부 **외진 암자**

제2부 **일어서라 사물들아**

차례

제3부 **천연 마애불**

제4부 **가려진 향기**

9

제6부 **깨친 자 연꽃으로 오시다**

제1부 _ 외진 암자

주색잡기에다 편짜기까지

배때기 부르니까 세상이 눈 아래라
일념정진 수행정신은 간 데 없고
기회가 오면
밥그릇 싸움이나 주색잡기에 미친
너거들 중 맞나

여름엔 시원한 빙과류, 겨울엔
따끈따끈한 찐빵이나 사서 드시라고
불전 부처님께 올린 돈
야금야금, 슬쩍슬쩍
신도들 돈, 그 돈이 어떤 돈인데

낮에는 종鍾 치고, 경經 치고
그럴싸하게 보내더니
디지털시대보다 앞선 깨달음인가
변장술 하나는 각설이 뺨치기
야! 곰례야, 양복 입은 중 좀 봐라

여우가 밤을 만난 듯, 밤만 되면
아랫마을 유흥가로 직행
1차 2차 끝나면 3차로 들르는 곳

• 진진욱 제6시집

찰싹찰싹 불알만 죽어나는
너거들 중 맞나

너나없이 스님스님 하니까
간덩이들 부풀 대로 부풀어 있음에
신도들이시여!
놈(者)도 한문으로 보면 나쁜 자字는
아니니, 못된 중들 보고
스놈스놈 부르면 안 될까요?
그러나 저러나 진짜스님들 우짤꼬.

위조된 탁발

바리때 없는 탁발도 탁발인가
구구단 외울 줄 알 지능이면
반야심경은 식은 죽 먹기
수행으로 다닌다면 좋으랴만
한 곳에 머물자니 간이 뒤집혀
목탁 하나 달랑 들고
이 가게, 저 가게 기웃거리며
수리수리 마하수리……

열 가게 들러야 한두 군데
백 군데 간들 뻔한 계산
땡중인지 아닌지
허기야 알몸인들 어찌 알까만
땅거미 지면 알 수 있지
걸음걸이가 빠르면 토굴이요
사방을 두리번거리면 가짜라

싸구려 여관방에 앉아
가져온 술병 비우기도 전에
전화질한다 다리 셋 중
두 다리로 걸었으니 하나는

심심할 만도 하거든

사라쌍수 나무 사이에서
열반에 드신 석가여래시여
꿈자리 편안하시나이까
귓속으로 환청이 스미나이까
이 몸이 어군을 탐지하리니
합장으로 신호를 보내면
땡중들을 향해 투망을 치소서.

소동

저녁예불 종소리에
산마루에 앉았던 해가 놀라
그 너머 절벽으로 떨어졌나 보다

저녁예불 종소리에
일 나갔던 별들이 놀라 우루루
쏟아져 나왔나 보다

집집마다 빌딩마다 불이 켜지고
이젠 내 안 꿈실에도
불 밝힐 차례

더 없는 위력
하루 동안 저지른 선과 악을 분류
점을 찍는 저 소리

내가 나를 모르기에
나의 하루에 대한 채점 또한
알 수 없는 비밀

둥근 점
선과 악, 어느 쪽이든
찍었다 하면 수정할 수 없는 점.

사탄은 지옥을 리모델링한다

절
절이라면
절
절
고개 흔드는 자들이여
그대들은 거룩하신 주인님을 만나
실체를 확인하였거나 아니면
흔적이라도 남긴 것을 보았는가
사탄도 직접 두 눈으로 보았는가
그랬다면 주인님의 은총으로
사탄에게 물려가지 않았으니
절
절이라면
절
절
고개 흔들 시간에 한눈 팔지 말고
감사의 기도에 매진하시라.

그믐날의 산사

수많은 소원들이 돌탑을 어지럽게 했는지
연못 속에 빠진 그림자 사경을 헤맨다

북소리와 종소리가 양면작전에 돌입하여
내 안 삼독을 줄줄이 끌어낸다

목어와 운판이 바람을 일으켜
내 안 번뇌를 말끔히 털어내고 있나 보다

잠시 동안 흐렸던 정신
연못에 핀 내가 백련으로 미소를 짓고 있다

저 사물들의 소리와 백련이 지고 나면
삼독과 번뇌가 나를 다시 억압하려 하겠지

어둠보다 앞선 산그늘의 예감
금세 밑 빠진 하늘이 사바를 가라앉힌다

불국토의 밤이 이 밤이 아니더냐
숲 속에 누가 있거든 손뼉을 쳐라 손뼉을.

연못 속의 항변

절간 옆 연못 속
붙들려온 잉어와 자라들을
흥미롭게 보지 말라
이들은 노예, 주인을 모르는가

노예의 관심은 구속의 이유보다
추녀 끝에 매달린 목어에 있다
미이라가 되기까지 동족의 화두
부처는 무엇을 하는가

수중 중생들 어쩌고저쩌고
사람은 어느 추녀 끝에
매달아 놓고
깨우침에 양념을 치는가

만물상 사장 같은 주인이여
공중의 것은 공중에
땅바닥의 것은 땅바닥에
우리들은 물에다 정돈함이오

위치를 바꾸어 법을 설하면
그것은 빙자요
예술도 종교도 아닌
흥행을 위한 전략인 것이오.

변절은 파괴다

목청 좋겠다
목탁나무 질 좋아 소리 맑겠다
금불상
금보살상 상단에 모셔 놓고
아랫바닥 스님들
신명이로다

대학입시기도
병든 자 완치기도
사업번창
삼재기도
영가 천도에다
아이 갖는 기도, 등등
부적 팔고, 돈은 돈대로

자연의 법칙이 무언지
빈 쪽이 있으면
채워진 쪽이 있고
가벼운 쪽이 있으면
무거운 쪽이 있어
너나없이 무거우면

우주가 폭발하나 보다

이런 구실 저런 구실로
돈독에 빠져
바윗덩이보다 무거운
초발심 뚜껑이 닫혔으니
독 안에 든 쥐로다
이 일을 어쩔꼬
뚜껑에 앉아 똥 싸는 새야.

25

외진 암자

잡초가 무성하여 빈
절인가 했더니
낡고 낮은 암자에
고무신 두 짝

노승의 가사는 누더기며
불상은 오한에 걸려
이불 대신 먼지를
아니 감싼 곳 없어라

잡초 중에는 꽃들도 있어
산새들과 어울려
정담을 나눈다만
노승의 얼굴은 병색이 짙어

긁어 모은 가랑잎으로
아궁이에 불 지피니
솥 안에 누구 계신지
점점 낯선 저녁 예불소리.

천년의 그림자

녹슨 훈장처럼 산자락에 얹힌
천 년 묵은 산사에 날은 밝아
천 년은 간 데 없고 들리지도 않는데
천 년이나 뒤진 걸음으로 다가와
흔적을 더듬나니
세속인의 눈에 무엇이 담기는가

불상도 보살상도 옛것이라 하자
대웅전도 사물도 옛것이라 하자
세속의 눈으로 더 담을 게 있는가
눈에 담아도 더 채울 게 없나니
설사 있다 해도, 비워둔 마음은
해가 지고 밤이 깊어질 때까지는
누가 뭐래도 열어서는 안 되네

자정 갓 너머 천년의 훤한 달빛
드러나 이 모두가 그때의 모습이니
청아한 댓잎소리는 노승의 염불소리
돌탑에 귀 기울면
목탁의 여운이 살아 있지 않는가
새벽이 오나니 마음 가득 담아가렴.

여기가 어딘고

이곳에 분명 님이 계신다 했겠다
금불상을 흑불상으로 바꿀 셈인지
너나없이 막무가내 피운 향
뇌파와 허파와의 교신이 끊어진
이 난리통에 운집한 무명중생이여
뭘 그렇게 구시렁거리시나

호랑이 없는 산에 토끼가 왕이라
부처 예우 톡톡히 받는 승려시여
나는 그저 아무것도 모르는 이방인
단지 이곳에 오면
은은한 향이 있을 듯해서
몇몇 날을 마음 그릇 닦아 왔음에

이 그을음
저 그을음
이나마 그릇 가득 채워 가나니
빈 걸음은 아니나 여기가 도량인지
협동조합인지, 나 또 현기증이 도저서.

• 진진욱 제6시집

만능 재주꾼

북 잘 두드리고
종 잘 치고
염불에
온갖 경전 줄 줄 줄

북 놓고
종 놓고
염불이며
경전 놓고

운동복에 모자 푹
저잣거리에 나와
하는 짓
주색이 화엄계드나

개냐
구렁이냐
도둑고양이냐
해탈 넘친 해탈이냐.

새벽 종소리

종소리가 안개 속에 길을 뚫는다
오방 내외
굵직굵직한 길을 쉬엄쉬엄 낸다
한 번 뚫린 길은 갈수록 넓어져
당황한 안개들이 허겁지겁
새 둥지에도 숨어들고
나무껍질 속으로도 숨어든다
잘 뚫린 동쪽 길 멀리
벌건 주물 덩어리 하나 솟는다
예불소리 짙을수록
더 치솟는 쇳덩어리
천지간의 구석구석을 들춰낸다
저 내리칠 듯한 쇳덩이 아래서
안개까지 걷어낸, 저
종소리 앞에서 무엇을 감추랴.

21세기 저잣거리

우짜몬
좋겠심니꺼
석가세존이시여
혹시 조선의 언어
어렵기라도 하심니꺼
아니면 통가리 땅이라고
영 포기라도 하셨단 말임니꺼
이대로 통째 버리신다면 어질고
착한 중생들은 우짜란 말임니꺼 예
세존님, 이랄 때 안 도와주문 운제 도와
주신다 말임니꺼, 제발 좀 도와 주이소 예
그라고 이 땅에 세존님을 상표로 삼아 장사하는
시정잡배들, 깡그리 잡아 동해 용왕께 제물로 바치고
잡배들 길러낸 땡땡이들도 모조리 잡아다 혼 좀 내주이소
참말임니더, 보리밭에 보리 문디이 같은 존재들 혼 내주이소

불佛씨와 쑥대밭

이 뭣고
저 뭣고
다 뭣고
의문할 것 없다.
온 우주
생명 가진 것들은
태어날 때 모두가 불씨였나니.
우주는 불국토
연밭이려다
연꽃 천지려다 그만 뚝.
숨을 내 마실수록
불佛씨는 차츰차츰 꺼져 지금의
쑥대밭이다
끊어질 듯, 이어질 듯
쑥대밭 속에 간혹 불씨가 있어도
성숙치 못해 연좌대는 비어 있다
애쓰지 않아도
바른 마음, 바른 길
올바른 짓이면 그만이다.
전생을 아는가, 기억이 생생한가
왕성한 기억은 석가세존도 미미해.

• 진진욱 제6시집

의문할 것 없이 쑥대밭이다
정답이니 오늘 공부는 만점이다.

연꽃의 공쓷한 마음

그 마음에는 아름다움도
추함도
분별 한 점 없나니
생각 대신 풍부한 향기로세

연꽃은 이동하지 않는 법
쏘다니는 맹신은 잡신임에
제 머문 곳 궂다 하나
옮길 마음 추호도 없음이라

세상이 넓기로
그 마음에 비하랴
가을하늘이 맑기로
그 마음에 견주리
쏘다니면 티끌만 쌓임일세

앉아서 관세음보살
엎드려 아미타불
돈 안 들고, 시간 벌어
알뜰하여라 안방 공부

진진욱 제6시집

돌아다님은 분별의 증거
천 년을 헤맨들, 종이로 만든
구겨진 연꽃이로다.

공연한 인연

처음은 모두가 찬탄이었다
육신의 귀와 눈으로 확인한
이 세상 최초
내가 목격한 바에 의하면

세상 온갖 물상들이 자기들을
알아달라고
알아줘야 한다는 술수에 꼬여
지천명을 넘고도 꼬이고 있다

나리는 존재가 거룩한가 보다
내 주위를 떠나지 않는 떡고물
인연과 인연
언제까지 꼬여주면 되는 건가

타고 온 뱃사공은 어느 강, 어느
나루터에서 날더러 부르지 않고
촉각만 세우고 있을까
상부의 교신을 기다리나 보다

영혼의 귀와 눈으로 감지할 소리

마지막 듣는 소리는 한탄이리라
뱃사공이 불러 나는 기쁘겠지만
괜한 인연 지어 슬퍼할 통곡소리.

땡중아 날 잡아 봐라

청량한 바람이 산사에서 불어올 때
꿈속이 아니었거늘
온 몸에 배인 승려의 자애로움
그때도 역시 꿈속이 아니었거늘

온갖 잡배 뒤범벅인 속세를 떠나
산사에 올라 날고 싶던 그 마음들
지금은 아니니 참으로 묘하여
딱하기도 하여라

참나무 같은 모습에
말투마다 대 쪼개는 소리
황금을 갈아 잿밥 지어 먹었는지
슬쩍 봐도 눈이 시리나니

속세 알기를 절간 해우소인 양
그 버릇 그대로니 부처를
죽일랑가, 중생들을 죽일랑가
물렀거라 중생아, 땡중 납신다

패거리 싸움 몇 차례 하더니

수행정진 뒤바꿔 불퇴 전진이라
용사여 나아가라
말세의 구덩이 향해 전진 또 전진.

아귀승

꿀꺽꿀꺽
주는 대로 냅다 삼키는
돈이면 돈
술이면 술
여자면 여자
권력이면 권력

어디에다 감췄는지
아랫배는 그대로
얼굴만 빤질빤질
저 죽어
태운 자리
기생충만 와글와글.

제2부 _ 일어서라 사물들아

산중山中·1

• 진진욱 제6시집

양기 빠진 저 종소리 누가 치기에
음기 빠진 저 북소리 누가 치기에
매미가 악을 쓰며 울어대는고
무슨 꼴을 또 보고 가슴 치는고
풍경소리 새소리 외 들을 게 없네.

산중山中 · 2

빽빽한 달빛 아래
솔숲은 오므라들어 잔디처럼 낮아들고
버거운 듯 배를 내민 산사山寺의 자태姿態
승려야 적든 많든 마음은 저마다 하나
삭발의 의미가 거미줄에 걸렸구나.

산중山中 · 3

산山짐승들이 다니는 길에 자연이 깔아놓은
양탄자를 보았는가
들쭉날쭉 돌부리 불거진 흙길을
어떻게 하여 우리가 밟고 다녀야 하는가
개처럼 짖더라도 알 것은 알아야 하나니.

산중山中 · 4

안개가 산을 삼키면 암자도 승려도
속수무책 빨려들어
오리무중 안개의 뱃속이 삼매의
곳간임에, 이왕에 빠져든 바
비틀거려도 좋으니 삼매에 취해 보세.

산중山中 · 5

앞서 가는 저 여인
옷을 보면 승가인僧家人이요
머리를 보면 속가인俗家人이라
참기름 빠진 비빔밥 같기로
옷 벗기 싫으면 삭발이 당연지사.

산중山中·6

주색잡기酒色雜技
잡기주색雜技酒色
승속과 세속이 해 떨어진 야밤인데
주색에 기氣를 쏟아 축 처진 날갯죽지
깊은 골 토굴 찾아 박쥐 어이 갈려나.

산중山中 · 7

오며 가며 쌓아올린 속세의 온갖 소원
이뤄진 소원들 하나도 없다는 듯
까칠해진 소원끼리 겹겹 층층 하나 되어
인기척만 들려도 오므라드는 돌탑이여.

산중山中·8

구름에 가리고
숲에 가리고
기왓장에 가리고 천장에 가린 불상
무엇 하나 끌고 올 천상길 막혔는데
젖 달라 보채는 중생, 불상佛像만 안절부절.

산중山中·9

• 진진욱 제6시집

山은 원래 숲의 영역이 아니든가
사람은 사람의 영역에서 빛이 나는 법
이상理想도 깨달음도
마음 가운데 있나니, 옥탑방에
머물지라도 영역 밖을 나서지 마라.

산중山中 · 10

깨달음의 씨 한 톨씩 저마다 주었거늘
먹고 싸고 즐기느라 제 정신들 나간 사이
씨알은 변종 되어 번뇌로 쑥쑥 자라
가지마다 대롱대롱 악업이 대풍
풍년들어 우는 꼴에 동네 개가 다 웃는다.

일어나라 사물들아

운판아
목어야
그렇게 게을러서야 속세에 기별이나 가겠느냐
수천 년, 수많은 향과 초
형체 없이 제 몸 다 사루어도
뒷걸음질만치는 중생계
너희들도 온몸 망가질 각오로 소리소리 높여라
경전을 산더미처럼 쌓아둔들 뭘 하나
여래의 진리는 무속인들 목청소리와 땡중들의
부적과 영험담에 가려져 빛을 내지 못하나니
법고야
범종아
너희들도 고래고래 소리 질러 지축을 흔들어라
세상의 몹쓸 놈들 어지럼병에 넘어져
지축 아래로 떨어져 다시는 오르지 못하도록
조각조각 찢어질 때까지 울려라
쇳가루가 될 때까지 쉬지 말고 울려라 울려.

적막에 대하여

겉은 새까맣게 타들어 가고
소리 없이 속으로 우는 적막
그가 우는 것은
슬퍼서가 아니라
자신만의 숨소리다
무엇이 있고 없고
어디로 누가 떠나고 말고 간에
유유자적한
구도자의 그런 것

우리가 적막을 따르는 건
우리 모두가 발길에 밟히는
빈 깡통이기 때문이며
오락가락 변덕 때문이다
향기는 없지만 꽃 같은 존재
젖은 말랐지만
어머니의 품안 같은 적막
그는 나를 위한 거울이다
바쁜 와중에 잠시의 휴식이다.

흰 구름

장맛비가 끝난 초저녁
말끔하게 씻긴 별들이
온 데 흩어져 굿을 치는 하늘

서쪽으로
서쪽으로 내달리는 흰 구름 떼
달마는 아직 살아있는가

오늘 따라 별들이 노는 하늘은
관심이 없고
달마 생각에 구름만 타고 싶네.

낯선 토굴

아슬아슬 매달려 있는 마지막 잎새 아래
자칫하면 끊어질 듯한 실낱 같은 산길

아래쪽 마을에서 보면 중천에 있을 법한 해
산 속은 깊어 어둠이 팔할

돌무덤같이 무거운 배낭을 나 아닌 누가
비웠을까 새털보다 가벼워진 이 마음

가자, 가자
실낱 끝에 뭐가 있는지 벼랑길 쭈욱 따라

땅거미 내린 곳에 길은 막히고, 어디에
무엇이 있는지 모를 어둠 속의 정물 하나

캄캄한 토굴 냉방에 면벽으로 돌아앉은 모습
꽃술도 싱싱한 두 비구니, 난생 처음 심봤다.

성불

오존층 상부까지 육박한 오탁악세
그런 와중에서
수십, 수백 년을 살다 보면
나무들도 서서히 중생을 닮나 보다
대웅전 앞뜰에
금란가사를 걸치고 오체투지
성불의 명을 받고 예를 올리는 저
나뭇잎들을 보라.

공空에 대하여

오로지 윤회바퀴를 돌리는 데 필요한 것이라면
아귀와 아수라. 극락과 지옥.
축생과 인간을 손잡이로 달아놓지 않더라도
바람의 힘으로, 또는 물레방아식으로 만들어도
될 것을 줄줄이 불편한 손잡이를 누가 언제 왜
만들었으며 무엇에 쓰는 것이 윤회냐
이 말씀인데, 해와 달을 내 눈으로 수천 번이나
보아왔지만 여래께서 조금은 과장된 농담으로
설하신 것을 공연히 후자들이 눈에 불을 켜고
윤회가 어떠니 돈오돈수와 돈오점수가 이러니
저러니, 하안거 동안거까지 끼워 생고생만 하는
것 같아 안쓰럽다 이 말씀이 내 말씀이며
덧붙여, 사람은 사람답게 살면 되는 거고 축생은
축생답게 살다가 죽으면 그만인 걸. 나, 원.

괴로운 하늘

절 마당에 탑들이 뾰족하고
교회마다 지붕들이 뾰족하고
성당마다 지붕들이 뾰족하다

하늘로 이민을 가자는 건지
하늘에 천황이 있다는 건지
하늘에 구멍을 내자는 건지

하늘은 하늘만이 존재할 뿐이며
땅은 땅으로서 존재할 뿐이며
우리는 우리만이 존재할 뿐이다

그 예리한 끝에 찔려 찔끔찔끔
눈물 흘리는 아픔을 아는가
아픔을 참지 못해 뇌성을 지르는
그 통곡의 하늘을 아는가

일어설 때나
누울 때
바다에 쏟아내는 핏물을 보는가

더는 솟는 일에 매달리지 말고
옆으로 아래로 미로를 따라가며
현실을 나누자 가진 것을 나누자.

변란

이 마음
고요 위에 가만히 떠 있지 못함은
요 생각
요놈의 풍랑 때문이다.

제3부 _ 천연 마애불

침잠

• 진진욱 제6시집

나는 영원한 귀의자
그러나 위험하게 비상하는 무리와 놀아나기 싫어
날개 위에 함부로 잿빛 가사는 걸치지 않겠네

벌레 먹은 연꽃들이 판을 치고 있는 지상이 싫어
꽃으로 대뜸 고개 내밀지 않을 나
흙탕 속 연근처럼 파묻혀 삼매와 놀고 있겠네.

소불대충 小佛大蟲

뭉크러진 몸과 마음
구름과 흡사
비도 못 돼
눈도 못 돼
그 꼴이 뭐람

아이야 춥지 않니
구름 없는
양지로 가서
네 맘 속 부처와
굴렁쇠나 돌리렴.

자심전

기름진 자심전自心田에는
씨 한 톨 심지 않고
지고
들고
종종걸음
물 없는 천수답에
무슨 씨를 뿌리는고

봄에 뿌린 볍씨는
알알이 황금빛
가을 하늘도 누렇건만.
바싹 마른 천수답에
발목 빠진 중생아
종자는 어떡하고
빈손만 비벼대나.

진진욱 제6시집

천연 마애불

그랬구나
비는 깎아내리기 수 세월
바람은 다듬어대기 수 세월

두 손길 그저
마음 뿌리 하나 보이지 않는다
했더니

불립문자不立文字
교외별전敎外別傳에다

무엇을 다듬는다 하는
다듬는다는 생각 그마저
허공이다 했더니

해내고 말았구나
깨달은 자者의 형상形象을
저 굳어 버린 고해의 등짝에.

견성성불見性成佛

불상佛像 없는 토굴 안에 은은한
이 땀내음
역겨울 만큼 향기롭다

땔감 구하느라 이 산, 저 산에서
하루 낮
공양거리 구하느라 이 동네
저 동네서 하루 낮

밤마다 어두컴컴한 토굴에서
뭘 하시나 궁금했는데
마음이 재료, 몸을 도구 삼아
부처 만드는 노승의 저 그림자.

달마의 혜안

달마가 계속 동東으로 동東으로
발길 옮기지 않음은
역시 달마는 달마이기 때문이다

산천에 종자를 뿌려주고 간다 해도
노랗게 말라 죽을 걸
미리 알았기 때문이다

홀씨처럼 날려와 요소요소 뿌리내린
후예들이여, 달마는 지금의 승가僧家를
미리 알았다 이 말이외다.

말세로 가는 길

세계 최대의 대불을 모셨나니
동양 최대의 대불을 모셨나니
최소의 신도들이여
최대의 가피를 구해 가시라

부풀리기 좋아하는 땡중 나으리
간에 있는 바람 빼
부풀려 만든 대불 앞으로
우르르 몰려가는 인파행렬

시장 · 군수 · 우시기 · 부시기
사는 물건 하나 없이 지폐만 술술.
흥미로운 개업에 길 가던 땡중
밤잠 설쳐대다 땡 하나 더 붙을라

지구촌에서 굶어 죽은 영혼들이
떼거리로 종각 안에 기어들어
읊어대는 그들만의 진언을
뉘 알고서 종소리와 구분하랴.

눈 먼 구도

성불이 목표였더냐
환상의 세계가 목표였더냐
애초부터 환락의 요람을 찾아 나설 속셈이었더냐

사구게 네 글귀도 실행에 한 번 옮겨보지 못하면서
수북히 쌓아올린 경전을 펼쳐가며
수족관에 빌붙어 사는 붕어처럼 입만 벌렁거린다고
구도자라 말할 수 있느냐

이 땡땡아, 탁!
그만 입을 봉하거라
내 말이 틀렸다면 어디 네 죽비에 잎을 피워 보거라

삿된 짓을 한 네 입에서 삿된 세포들이 나와
경전을 파먹고 있나니 경전과 대중을 멀리 하고
탁!
모든 벽이 무너질 때까지 면벽에서 움직이지 말지어다

세속의 유형을 재잘재잘 날라다 준 땡보살 너 역시
탁! 절 밖으로 나가
뱃속에서 없어진 아이의 화두나 찾아 나설 일이다.

나사 풀린 깨달음

명호만 불러도 나투시던 부처들이며
관자재 보살과 대세지, 문수와 보현
오백 나한과 사천왕까지
간이역의 입영병처럼 한꺼번에 모여
마지막 밤 열차, 비둘기호를 타고
수직상승 이 땅에서 떠났다

환송식에 나 홀로 나가 손만 대충
흔들었을 뿐
떠나는 자도 보내는 자도 말 없는 이별

나한 중에 어떤 이가 떨어뜨리고 간
일기장이 아니었더라면
그들이 떠난 이유 끝끝내 몰랐을 것을

돈이 산중으로 몰려 산이 파묻히고
국법에 이빨 빠져 세금 한푼 안 내니
손 안 대고 코 푸는 장사치에다
분냄새 화냥냄새 판을 치는 고락서니

십만억 국토 하나같이 불국토 이루려다

진진욱 제6시집

이 경악에 깨달음의 나사 반이나 풀려
풀린 나사 다시 조이려 최초의 성지로
돌아간단다. 남길 말이 전혀 없단다.

수행자

• 진진욱 제6시집

당신은 풀이며
나무며
꽃이며

당신은 안개며
구름이며
바람이며

당신은 눈이며
비며
흙이다

더 이상
벗어날 수 없는
자연의 살점이다.

불타佛陀여 불타佛陀

육도를 돌고 돌아 옷깃 스친 적 있다 해도
님께서 계신 곳이며 얼굴마저 알 수 없기로
무슨 방편 있어
걷잡을 수 없는 매불賣佛 행위를
전할 수가 있겠나이까
원컨대 오시려면 절간과 세속世俗 사이
변방邊方으로 오소서
불법佛法을 사수死守하려는 마음 가운데로
나투소서
삼독三毒의 창槍을 든 삿된 무리들을 격퇴할
금강金剛 같은 진언眞言을 건네주고 가소서.

그림자

누워 다니는 그림자
걸어 다니는 그림자
간교한 두 그림자에 시달려
아직도 나는 나를 못뵈
바깥쪽으로 눈이 붙어 속것을 못봐

내가 나를 보지 못했으니 내가
누굴 보겠다고
누구, 나를 보겠다고

낳고 기른 어버이도 나 둔 곳
모르시어
나 당연 몰라
그림자를 해체하기 전까지는
오리무중 아무래도 오 리 무 중.

진진욱 제6시집

참선參禪

망상妄想으로 막힌 아궁이
군불 지피는 객客
어디서 온 누구실까

불빛 하나 없는 처소에
심안心眼을 밝히는 객
어디서 온 화신化神일까

머리맡에 잠든 부처
금란가사를 벗겨도 모를
이 한 밤.

야단법석 野壇法席

만연된 문화와 이기심에 배어든
선 남자, 선 여인들이여
때묻은 신심으로 성불을 하겠느냐
변덕스런 마음, 허울이 뻔한데
도솔천에서 줄을 내려준들
그걸 잡고 내원궁 뜰까지 오를 수
있겠느냐
참으로 까마득한 욕심이네
일생만 고스란히 세월에 떠가네
답답도 하여라, 연꽃을 키우려면
연못보다 갖춰야지

한 곳으로 몰려들지 말고 세속에서
사방 두루 이타행을 베풀라
그것이 기도며 수행이며 나아가
성불에 이르노라
평상복 그대로 평상심을 가다듬어
이웃과 친척을 더욱 가까이 하면
부처는 그곳에 다 있네
나한들도 보살들도 그들이니
제 아무리 경전과 법문을 들어도

행하지 않으면 도로아미타불이라
절에 가서 불상을 보지 말고
세상 나가 만 중생을 볼지어다
절간은 승려들이 꾸려 갈 일
평상복을 입고 중생께로 향하라.

안거安居

실눈 뜬
달이 절간을 지나다가
벌어진 문 틈새로
선방 안을 훔쳐본다.

벽을 보고 앉은 승려
하나같이 다 죽어
이승의 그림자 위에
혼魂만 떠 있다.

• 진진욱 제6시집

믿음이 우선이냐

어렵고 딱한 자(者)들
드나드는 법당에
무슨 돈이 어디서 나왔는지
요상하게도
불상마다 금빛들
서글프게 눈부셔라

일가친척 중
피골상접 있으련만
곰탕거리 사들고 가면
발목에 족쇄라도 채운다냐
답답한 이 중생아
가는 곳이 절이고
만나는 이마다 참 부처로다

파지 줍고
빈 깡통 줍고
보이는 고물 다 모았다가
고물 팔아 삶은 국수
허기진 자(者) 배 채우니
땀 배인 그 옷이 금란가사요.

수행은 고행이다

무너져 내린 해묵은 우물을 파낸다
알 수 없는 깊이
돌들을 끄집어내고
흙과 뻘, 이끼를 제거하기는
쉬운 일이 아니다

파내려 갈수록 캄캄한 세상
갈등의 연속이다
물귀신 같은 마왕의 횡포
진언의 날카로운 칼날로 마왕을 친다
빗나가는 칼

검은 머리가 허옇게 된 세월
마왕의 군사들이
우물 밑바닥에 물같이 고여 있다
전멸을 위해
진언을 휘둘러대지만 진퇴양난

우물을 파낼 때 느슨했던 초발심
하마터면 하차하고 말았을 걸
우물에 물이 차 올라

달이 앉으니
물이요 물
공짜로 물 좀 퍼 가오
퍼 가시오.

불립문자 교외별전

오후 여섯 시
도심 산자락의 절간
종소리가 땅거미를 저인망처럼 이끌고
도심으로 퍼져든다
대웅전 삼존불은 하루 동안
무엇을 했을꼬
사부대중 또한 무엇을 했는지
저인망 속이 텅 비어 있다
목욕탕 굴뚝이며 교회 첨탑에
구멍이 뚫린 저인망

가가호호 스위치를 올린다
뙤약볕에 그을린 식솔들이
참 수행의 노동을 끝내고 모여든다
삼존불이 없는 노동 현장
삼보가 없는 삶의 수행자들
둘러앉은 식탁의 얼굴마다
자애로움 은은하다
연등 하나 매달 줄 몰라도
이웃 챙길 줄 아는 어진 이늘
반야심경이 뭔지 모르는 이들이지만
절간이 이웃이고 이웃이 절간이란다.

진진욱 제6시집

제4부 _ 가려진 향기

초파일 희비喜悲

선 남자, 선 여인이여
연등을 달려거든
내 마음에 달아서
마음 더욱 청정케 하고
등값으로 남은 돈
연등처럼 손에 들고
산동네로 가 보라
까치집 노인들 찾아
골목골목 누벼 보라
밝고 밝은 연등일세라

세 군데 절 밟는 일
석가세존의 말씀인가
아미타불의 말씀인가
탐 진 치 헐어내고
한 곳은 삼보님전
한 곳은 고아원
또 한 곳은 양로원일세

빈곤한 자者 집에는
수저와 냄비가 나뒹굴고

초파일 절간에는
축포가 하늘로 치솟는다
거룩한 님 맞이하심이
오로지 그 길뿐인가
승려여
게으른 승려들이여
날품 팔아 님을 맞으소서.

안온한 삶

눈길 사로잡던 천하의 미인이여
얼굴에 상처 자국 생기니
따르던 사람 모두 다 어디 갔느냐

평생 권세로 빳빳하던 어깻죽지
망신당하여 물러앉아
뒤늦게 반성하니 때는 이미 지나

도둑이 따로 있나
땅속에 묻어둔 부정축재 검은 돈
부엽토에 물들라 지상에 뿌리거라

대나무는 살아서도 슬기롭고
죽어서도 지혜로우며
짐승도 죽어 가죽 남겨 쓰이나니

나무나 풀잎이 생명이 아니라
맺혀 있는 이슬이 생명일지니
바람불어 떨어질지 빛살에 마를지

사람 몸뚱이 죽어봐야 지수화풍

고깃덩이보다 못한 골칫거리
잔잔하게 살다가, 고요하게 떠남세.

이상 징후

삼보님께 귀의한 수 년 후
매일 밤 꿈에서 나는
자유자재로 날아다녔다
나무에도
지붕에도
높이도 날고
멀리도 날고
밤마다, 밤마다 날개 없이
수없이 날아다닌 그 후로
나를 색안경 쓰고 보는 자者
열 명 중, 여섯은 사망
중상 아니면 중병이 넷

이 무슨 해괴한 일인고
색안경 쓰고 쳐다보는 자들
미리 불, 보살님께
대신으로 참회기도 올려도
소용없는 짓
그 뿐이랴, 내게는 잔병치례
소득 없는 노력
구걸하며 사는 삶

사랑도
명예도 뒷전
보왕 삼매론에 발 묶인 나
이 무슨 징후인고.

동심童心이 불심佛心

할머니 손잡고 절 가는
아이야
곱고 귀여운 파랑새야
이름 모를 부처야
대웅전 들어가면 네 마음 같은
금빛 부처님 계시고
네 마음 같은
금빛 보살님 계시나니
아이야, 네 동지를 만나겠네

할머니 손잡고 집 가는
아이야
봄날의 제비야
금빛 부처, 금빛 보살아
집으로 가다가 못 볼 것 보면
고개 돌리고
못 들을 것 들리면
귀 막고 가거라
아이야, 또 동지들 만나아지.

• 진진욱 제6시집

오염주의보

학
학
백학아!
금불상 많은 절 숲에 접근하지 말지어다
백옥 같은 네 적삼에 금가루 묻을라
그것이 무엇인고
네게만 일러 주나니 오욕의 덧칠이라
배고프면 까마귀 똥을 주워 먹더라도
금불상 많은 절간 밥, 얻어먹지 말지어다
호수 같은 네 마음에 오물 쌓일까 염려네
삼보님 그리워 절간 숲에 가려거든
동자승 졸고 있는
깊은 골 낡은 암자로세
태양이 있고 달이 있고 별들도 많고
산이며 들, 하늘과 바다의 천연색만 봐도
어질어질 눈부신 세상
화려하다
화려해
헌옷 쪽박 참 마음이 부처님 집 아니던가.

지쳐 있는 관자재 보살

참, 진, 치여!
관자재 보살의 일천 눈을
잠시라도 쉬게 하라
육도 중생이여!
팔만 사천 보살의 손
절반이라도 쉬게 하라
칼산에 들앉아
화탕에 들앉아
그를 부르는 중생들아
내 몸이 천근이면
보살의 몸 무량무수
한량이 없나니
한시름 떠나 편히 쉬도록
아무도 칼산에 들지 말고
아무도 화탕에 들지 말아
한 번쯤 관자재 보살에게
춤과 노래로 기쁘게 하라
삼라에 축제를 열지어다.

가려진 향기

조물주가 최초의 부처였다면
종각에 종을 달지 않고
땡중의 사타구니에
달았으리라

부처가 최초의 조물주였다면
이 말세, 땡중들의 숲을
참승들로 하여금
단칼에 무너지게 했으리라

삼팔선은 멈춰도 땡중은 가라
아귀, 축생, 지옥도 아깝거늘
멀리멀리 사라져라
너는 톱날이로다, 쇠망치로다

참 승은 연꽃처럼 말이 없고
잡다함 잡풀이 무성하여
불국토를 불지르나니
승병들의 넋이여, 불을 꺼다오.

탄생의 애간장

피안에서 부르는 끝없는 소리
나의 뿌리 차안에 박혀
구름 위에 가는 달 심통나누나

장난 같은 인생살이
누굴 위해 태어나
나 슬슬 블랙홀로 빠져드는지

눈 감으면 길 보이고
눈 뜨면 보이지 않는 길
운수 납자여! 눈을 뜨고 가시나

앞가슴이 이승이고
뒷등이 저승이라면
까닭이라도 대충 헤아리겠다만

도구라야 맨 몸뚱이
하는 짓 고작 차안에서 꿈꾸기
피안에서 부르는 애간장 소리여

천태만상 삶을 살다
지고 마는 넋들이여
우리들의 일몰에 노을도 없구나.

소멸

눈이 내린다 업이 내린다
잠깐 내린 눈이라서
재빠르게 치우니 흔적 없어라

눈이 내린다 쌓인 곳에
하염없이 더 쌓여
쓸어도, 쓸어도 줄지를 않는구나

십 년, 백 년, 전생, 이생
지은 죄 절로 겹쳐
태산 하나 하늘을 가려 섰네

악한 자에게 불, 보살은 멀어
저승, 저승, 무량 저승
언제 다 깎아내려 하늘을 보나.

이고 진, 짐

번뇌는 구름과 같아
하늘 볼 때도 있지만
억천만 겁 지은 업은
태산과 같아
목탁 한 번 칠 때마다
한 삽씩 퍼낸다 해도
평평한 평지까지는
천만 겁이 소요되나니
끝없는 참회
끝없는 고통 이 어쩌리
거울삼은 보왕 삼매론
내게는 너무 멀어
사라 쌍수 나무 밑에
사르르 잠들고 싶구나.

경지의 관문

드럼이 쏟아내는 소리는 즐거우나
찔끔거리는 현의 소리는 슬프다
반응이 이렇게 현명하니
뉘여! 나를 깨친 자善라 말해다오
마음이 비워져 있지 않으면
선별하기 쉽지 않기로
뉘여! 그대도 깨쳤다고 생각하는가
저 드럼과 현絃이 없었다면
우리는 무엇으로 쉽게 저울질하랴

산길을 걷던 사람이
산비탈에서 잠자는 내 모습을 보고
죽은 사람이라고도 말할 수 있으리
죽었다 하면
죽은 것은 몸이지 영혼이 아니기에
누가 나를 등에 업고 가든 말든
상관할 바 아니나
뉘여! 나의 영혼을 본 자는 이미
나 먼저 보리각에 올랐느니라.

• 진진욱 제6시집

구김살 없는 정토

위 없는 법문 갈피마다
만다라 꽃

무시로 발하는 빛이여
무시로 풍기는 향이여

풍경소리도 진언이라고
산사 위를 맴도는 새

정법이 걸러낸 계곡 물
세속으로 향하나니

오염된 자는 물렀거라
땡중이여 참회하라

훼손 안 된, 불·법·승
이 극락에 내가 있도다.

종소리

종각을 떠난 소리
바랑 하나 짊어지고
번뇌를 시주 받아
소리 없이 사라진다

종각을 떠난 소리
지혜의 등 켜들고
무명 동네 돌아서
자취 없이 사라진다

깨어나라
사바세계 중생이여
활짝 열라
지옥의 문지기여

절마다 타종소리
얼굴 없는 불, 보살
내 집에 들러주니
부처 중생 따로 없네.

진진욱 제6시집

삼보三寶에 대하여

이내 마음 속에 부처가 없어서
편안하구나

이내 마음 속에 경전이 없어서
편안하구나

이내 마음 속에 스님이 없어서
참으로 편하구나

저들이 다 무엇이며
무엇에 쓰는 도구들인고

하늘을 저으니 걸림이 없기로
뉘, 내 가슴 한 번 저어 봐다오.

초파일 마중

혜원정사 언덕 아래
중학교 작은 연못에
연꽃 봉오리 무리 지어
합장한 손 반쯤
물 위에 내밀고 있다

한겨울 내내 얼음장 밑에서
무얼 하고 지내나 했더니
일체 연蓮 대중大衆
성불을 마다하고
석탄일 준비했었나 봐

열흘쯤 앞둔 사월초파일
석가여래 오시는 길
연좌대에 앉으시어
잠시 쉬어 가시라고
꽃잎 활짝 펼칠 모양이다

일년 삼백 예순 날
별들을 보면 연꽃 같아서
사부대중이여

무명에 가린 빈자貧者들 찾아
빛과 향기 두루 나눠봄세.

자비의 손

자비의 손이 왜 이리 차가울꼬
이보다 차가운 곳 수두룩한데
어디 가서 온기를 구해
일일이 다 데워 줄꼬
끼니 거르는 고사리들이며
고달픈 노인들이여
내가 부모 되어주지 못하고
내가 자식 되어주지 못하니
동동거리는 이 몸의 두 발이
차돌같이 무디다
세상 어디로 가야
두 손 가득 채워 올 문이 있을까
세상 어디로 가야
팔 걷어붙일 사람 한껏 만날까
나의 손발이 고장인가
저들의 운명이 고장인가
실속 없는 까치야, 제대로 한 번
말해 보렴.

진진욱 제6시집

자비광명

대낮에도 우중충한 사바세계
구석구석 그 그늘을 밝혀주기 위해
연꽃은 해 떨어지기 바쁘게
온몸 다시 오그려
밤새도록 합장을 풀지 않는다
인간도 아닌 식물이
만 중생을 위한 철야기도
동이 튼 줄도 잊은 채
저 흔들림 없는 기도를 보라
누구를 위한 정진인가

빈자들이 무거운 몸을 끌고
거리로 나설 때
연꽃은 서서히 합장을 풀어
제 몸의 향기를 풀어 헤친다
부富의 축재자蓄財者여!
한 모서리라도 떼어
굶주린 세속에 풀어 헤쳐라
구정물 속 저 가련하면서 고운 몸
중생을 위해 일생을 바치는
연꽃이 보이지 않느냐.

나이 따로, 몸 따로

나이는 걸어가고
몸은 인라인 스케이트를 타고
쫓기듯 내달린다
체내에서 아우성치는 세포들
토하고 쓰러지고
더러는 떼죽음
얼마나 내달렸으면
서릿발이 된 머리카락이
저승의 깃발처럼 나부낄까
몇 십리 뒤에서 걸어오는
나이가 위험 신호를 보낸다
여보게 천천히 감세
뭐가 그리도 급한가
때가 되면 헤어질 사이
몸이여! 볼 일이 급하거든
내 걱정 말고 내달려 가세.

제5부 _ 산사의 새벽

공염불

• 진진욱 제6시집

한순간도 생각의 불길
잠재울 줄 모르니
억겁 년 한 번도
부처 된 적 없었구나.

어리석은 소

성난 코뿔소
목이 말라 강가에 갔다가
금방이라도 덤벼들 것 같은
강물 속 소 한 마리
사정없이 선제 공격하다가
용궁으로 갔는지 소식이 없다.

산사山寺

바람 한 점 없는 산사
내가 케이블카인 양
내부가 시끌벅적하다
아래쪽과 사방으로 보이는
풍경의 감탄사가 아니라
번뇌의 소란
오를수록 탄력은 떨어지고
떨어질수록 소란은 기를 쓴다
아무도 보이지 않는
불 보살의 집을
무뚝뚝하게 지키고 서 있는
석탑
잿밥 먹고 자란 꽃나무들이
향을 피우며 살며시 웃는다
번뇌들이 나비가 되어
내 속에서 다 날아가
꽃향기에 도취, 졸고 있다
빈 케이블카와
빈 절
비어 있는 하늘과의 3박자
석불 옆에 발목을 묻고
56억 7천만 년을 서 있고 싶다.

• 진진욱 제6시집

자비의 강江

너거들 중 맞나

모든 강들이 바다로 향해 강물을
흘려 보내고 있는 것은
바다가 낮은 이유만은 아니다

산꼭대기에 내려앉은 계절을
전해 주기 위하여
중생의 번뇌를 씻어내기 위하여

제, 목 축일 여유도 남기지 않고
물 꼬리를 향해 손을 흔드는
가문 날의 강들

봇짐 없는 물의 행렬이 신기한지
밤새 눈 한 번 돌리지 않는
외눈박이 가로등

땀방울 맺힌 강의 분주함 속에
삼삼오오, 무심히
강변을 거닐고 있는 사람들이여.

악업惡業

기암절벽 짊어진 어린 소나무야
몇 만 곱절 짐을 지고
어디로 갈 것이냐
땅 길은 끝이 나고
가로놓인 건 바다뿐이니
네 갈 길이 끊어져
이 일을 어떡하나.
뒤를 보면 첩첩이 태산
앞을 보니
이승에 질려 아우성치는 파도뿐
전생에 무슨 죄를 지었기에
남의 속까지 뒤집느냐
새들은 저리도 자유로운데
눈앞에 물을 두고 목줄을 태우니
열려라, 차라리 저승이여 열려라.

살아 있는 흉상

거대한 풍선 속에
나 홀로 앉았네

풍선 어디에
마음마저 내맡긴 채

나는 어디로 가고
붉은 피만 돌고 돌아

죄업 녹이는 촛불 앞에서
속진 사루는 향불 앞에서.

너거들 중 맞나 •

말세로 가는 길

보이소 스님
마당도 늘려야 하고
절도 넓혀야 하고
탑도 올려야 하고
세계 제일의 불상도 세워야지요
체면 유지할 차량도 있어야 하고
세력 다툼이라도 하여 식속들
절간 하나씩 나눠주고 싶지요
고인돌같이 엎드린 암자들을 보고
바보들이라고 비웃지는 마시지요
천 년을 버틴 그게 어디 쉽나요
큰스님 되려면 무조건 키워야지요
머리 숙여 합장하는 중생
가사살이야 바닥이 나든 말든
절만은 세계에 우뚝 서야겠지요
저기 또 택배차량이 오는가 하면
신나게 찍찍거리는 폰뱅킹 소리
스님, 요즘 경기가 나쁘진 않네요
이 다음 부처님 만나시면
허허, 이마에 꿀밤 꽤나 맞겠네요.

연화蓮花

낮고 습한 곳곳에
뿌리 뿌리 내렸어라

구정물 인연 맺어
향기롭게 살더이다

일광日光, 월광月光 내려서서
예배하는 저 모습

무겁던 걸음걸이
날개 돋친 듯 가볍고

뻣뻣한 내 이목구비耳目口鼻
슬슬 녹아 내리다니.

산사의 새벽

깊이 잠든 사바
유령 같은 대바람도 깊이 잠들고
대단한 위용의 명예와
거리의 마녀들도 깊이 잠든 새벽

목탁은 그제서야 제 존재를 확인
이천 육백 년
절룩이며 내려온 위엄의 불법佛法에
환희를 내지른다

종각 주위에서 때를 기다리는
미세한 소리의 입자들
타종이 시작되면
저마다 톤을 높여 사바를 깨우리라

검은 하늘은 손아귀에 들어있고
염불소리 별을 흔들면
가던 달도 기웃기웃
향내음에 취한다

잠자던 동자승

미륵보살에게 꿀밤 얻어맞고 아이구!
일어나 보니, 예불 끝난 법당 안
처마 끝 목어 비늘이 햇살을 핥고 있다.

산사의 종소리

종소리 울려
가슴 뚫리더니
그리움 새어 나간다

종소리 울려
다 빠져 나간 그리움
내 가슴은 비었다

종소리 울려
쉬지 않고 울려
빈 공간을 지켜주오

끊어지는 여운마다
자취가 없듯
지금 내게, 내가 없다.

청개구리의 오체투지

법당 밖에서
중년의 개구리들
법문도 아랑곳하지 않고
이구동성으로
개골개골, 개골개골
빗나가는 자식들
속 좀 태우지 말라고
태워도
파랗게만 태워달라고.

아상

자장아! 날 보려거든
아상을 버려라

나무이듯
풀이듯

산이듯
물이듯

아상을 벗고 나면
문수 절로 보이나니.

• 진진욱 제6시집

산사 대밭에서

풍경소리
구름이 물고 가고

목탁소리
목탁새가 물고 가고

종소리
아침 이슬이 물고 가고

사르락
사르락

관세음 보살님
속옷 입는 소리만 들린다.

가을 반야

저 싸리비 끝에
얽히고 설킨 번뇌는
뉘 번뇌들이며
저 싸리비 손잡이에
끈적한 탐욕은
뉘 소유인가
가을이 아니면
눈에 띄지 않으니.

노 보살

팔순 노파가
절에 가서
절을 하고
절밥 먹고
절룩이며 하산을 한다
텅
비어 보이는
저 가슴에
무엇이 남아!
자식들의 그림자가
절밥을 먹고
절룩이게 하나 보다.

무아無我

가을빛이 나서서
천지를 채색한다
내 심연에 갇힌
만상萬象이
가을빛에 난파되고
난파된 나는 지금
가을이 채색한
온갖 물상에 파묻혀
온데 간데 없다.

피안

가을 하늘 밝은 달이
허공에 가득하니
맑고 깨끗해진 이 몸
걸림이 없어
저절로 양손
합장 이루네.

배곯는 부처

• 진진욱 제6시집

세상사 시달리다 몸져누운 부처님
퉁퉁 부은 온몸, 옆으로 누워
날 보더니 당장 일으켜 달라 하네
사방에 불전함 두고
돈 한 푼 쓸 수 없어
시줏길 나선다고 통사정해대네.

제6부 _ 깨친 자 연꽃으로 오시다

이치

내가 있어
우주가 있고
내가 죽어
우주가 없다

나무아미타불

내가 있어
네가 있고
내가 죽어
너는 없다

나무아미타불

지수화풍
갈 데 가고
영혼도
갈 데 가고

나무아미타불.

• 진진욱 제6시집

본질

삶이란 꿈이기에
광대와 같다
양파를 벗기는 것과 같아
한 겹 벗기고 나면
또 한 겹
벗기고, 벗기고 나면
아무것도 없다
땅을 치며 울어도 나는 없다
본질을 찾아 꿈속의 꿈으로 가고 없다.

달마가 자리를 비운 사이

진진욱 제6시집

달마도 없는 산사에 바람은
바람끼리 놀고
풍경은 풍경끼리 논다
이 판에 우리만 빠질 수 있나
동자승아, 이리로 오렴
꿀밤 맞기나 하자
여기도 불룩, 저기도 불룩
달마가 돌아오면 혼쭐나겠네.

화엄華嚴

연꽃은
구정물에
뿌리내리고

부처는
중생계에
뿌리내리고

번뇌망상

눈을 뜨나
눈을 감으나
잔가지 많은
번뇌망상
눈 감으면 더욱 더
아름드리 거목

수행자여!
눈을 감고
칼을 휘둘러라
거목 쓰러지는 소리가
삼라만상을 잠재우리.

자리다툼

번뇌는 망상을 밀어내고
망상은 번뇌를 밀어내고

아귀다툼 못 말려
깨달음이 파고들 자리가 없네.

여행 · 1

바람이 분다
낙엽이 떨어진다
떠날 사람에게는
떠나기 좋은 계절
구름을 따라가면
멀리 갈 것이고
낙엽을 따라가면
얼마 못 가 되돌아올 수도 있다
영영 떠나려면
바람을 따르라
바람은 돌아오지 않는다
비가 되고
눈이 되려면
구름을 따라야겠지
나는 싫다
바람도 구름도
나에게는 소용없다
한 세상 벗어두고
이 계절 아주 멀리
영혼으로 떠나고 싶다.

여행 · 2

평탄한 길이라면 지금 떠나도
후회 없겠다
비행기를 타고 구름 위를 가듯
그렇게 편안히 길 떠나면 좋겠다
철새처럼 애써 날갯짓 안 해도
가만히 누워 갈 수만 있다면
신음소리 내지 않고
몸부림치지 않고
아주 편안히 길 떠나면 좋겠다
목적지에 맞아줄 사람 없어도
머나먼 길 동행자 하나 없어도
그곳에 가면 숙이를 찾을 것 같아
지금이라도 당장 떠나면 좋겠다.

귀향

검은 사자여!
지금 어디쯤 오고 있느냐
나의 모든 장치가 고장나
이제는 폐품 직전
너의 안내를 받으려
목놓아 기다리고 있노라
자정쯤이면 좋겠지
조용히 와서 조용히 떠나자
아름다운 세상이기에
아무도 몰래
눈물 없이 떠나고 싶구나
산천이여, 서러워 마라!
느긋하게 쉬었다가
여자의 몸을 받아
이 세상 또 한 번 찾아오마.

세속 생각

산중에 뻐꾸기 울면
속울음 삼키는 스님

세속에 두고 온 정
어이 금방 잊으랴

목탁소리 커질수록
슬픈 곡조 삼킨다.

연꽃

더러운 세상에
아무리 발버둥쳐도 더럽게
살아지는 나

영문을 캐려 연못에 가니
세상보다 더 더러운
연못에 연꽃이 살고 있다

마음이 얼마나 맑으면
모두를 의심스럽게 하는 건가
깨달음이 무엇인지

한 세상을 깨끗이 살기란
외줄 타고 강 건너기
연꽃이 나를 측은하게 바라본다.

새벽 산사山寺

스님은 도량 치고
귀뚜리 반야심경
쓰르라미 천수경 치고
동산 너머 활활 타는
저 웅장한 불꽃은
누구의 다비식인가.

깨친 자者 연꽃으로 오시다

잿빛 혼백은
호수로 들어선다
줄줄이 잎잎이
호수를 메울수록
가슴을 열고 나오는
깨친 자들의 부활
잿빛을 벗은
고귀한 자태여
아름다움이여!
누가 버릇없이 함부로
연좌대 위에 앉는가.

그림자

절 마당에 햇빛 드니
탑 하나 더 생기고
담벼락에 햇빛 드니
빗자루 하나 더 생기고

이 뭣고
물끄러미 자빠진
쓸모 없는 내 그림자여.

중생심

번뇌를 다 털어 내고
가부좌를 한 겨울나무
흔들림 속에서도 이탈하지 않는다

바다 한켠
가부좌를 한 돌섬
거친 풍랑에도 끄떡하지 않는다

잡동사니 가득 찬
항아리 같은 마음 속
건드리면 오히려 쑥대밭이 되리라.

• 진진욱 제6시집

이름에 대하여

산은 제 이름이 싫어도
지어진 것이 산이요

물 또한 제 이름이 싫어도
지어진 것이 물이니

중생도 부처도 이와 같이
본래 이름은 없음이라.

너거들 중 맞나 •

염불

관세음보살과 내가 함께
흥에 취했다
보살께서는 춤을 추고
나는 목탁을 치고
천상천하 둘뿐
만다라 세계가 덩실덩실

얼마나 지났을까
판이 깨져 가는가 보다
고양이 소리가 들리고
새소리, 개소리
촛불이 보이고 불빛 너머
망상들이 널려 있다

관세음보살은 그 사이
제 자리로 돌아가고
입술이 타는지
숨을 헐떡이는 목탁
나만 아직 마음자리를
잡지 못했다.

해수 관음보살

바싹 마른 강가에
마른 잎 하나가
목이 말라
바다로 갔네

꿀꺽꿀꺽 마실 때는
아무 맛 모르다가
나중에서야
단 맛인 줄 알았네

신기한 예감에
주위를 살펴보니
관음보살이 절벽에 서서
감로수를 따르고 있네.

진진욱 제6시집

너거들 중 맞나

·

지은이 / 진진욱
발행인 / 김재엽
발행처 / **한누리미디어**
디자인 / 지선숙

·

121-840, 서울시 마포구 서교동 395-13 2층
전화 / (02)379-4514, 379-4519
Fax / (02)379-4516
E-mail/hannury2003@hanmail.net

·

신고번호 / 제300-2006-61호
등록일 / 1993. 11. 4

·

초판발행일 / 2012년 6월 15일

·

© 2012 진진욱 Printed in KOREA

·

값 8,000원

·

※잘못된 책은 바꿔드립니다.
※저자와의 협약으로 인지는 생략합니다.

·

ISBN 978-89-7969-426-0 03810